シリーズ自句自解Ⅱ　ベスト100

JikuJikai series 2 Best 100 of Sumie Watanabe

渡辺純枝

ふらんす堂

目次

シリーズ自句自解Ⅱベスト100　渡辺純枝

斑雪輝る郵便局の朝の玻璃

1

初学の頃の作品。よくも悪くもないが、初めて乗鞍山へ登った時の記念すべき一句なので、敢えて入れた。夏だというのに山頂はまだ肌寒く、身を刺す山気が清冽であった。標高の最も高い山の郵便局があった。

（アンソロジー『現代俳句の新鋭』一九八六年刊）

やはらかや神輿を通す春障子

2

私の住む地域では、地の祭は春に行われる。主に子供達の担ぐ花神輿であるが、家々の細い露地まで入り、一軒一軒御祝儀を頂く。障子越しに子供達の声や太鼓の音が聞こえてくると、やっと春が来た喜びを思う。

（アンソロジー『現代俳句の新鋭』一九八六年刊）

早春の砂ぬらしゆく魚籠しづく

3

思えばよくある景色であるが、二十代の私には大きな発見であると思われた。
一人の釣人が提げて帰る魚籠から、明らかに魚の動く気配がした。

（アンソロジー『現代俳句の新鋭』一九八六年刊）

一触の一涙零す手毬花

4

明らかに見立ての句。手毬花の満開の頃には、風が吹くたびにほろほろと白い花が散る。泣いているわけではないけれど、手に触れただけで零れる花びらを見るにつけ、この花は思春期の少女のようだと思う。

（アンソロジー『現代俳句の新鋭』一九八六年刊）

逃げ水のあときれぎれに喪の家族

5

家族に不幸があった。熊野では今でも野辺の送りをする。家から出棺して、喪主を先頭に、お寺までの道を先導者の叩く鉦の音の後から参列の行列が続く。折しも春、道には逃げ水が立って、ゆるゆると進む人影がちぎれちぎれに見える。

（句集『只中』一九八五年刊）

湯に浸るやうに息して花の中

6

明治神宮会館で、長谷川双魚先生がお元気な頃、祝賀会があった。参加者は三百人ぐらいだったろうか。私はまだ入会して数年の新人で三十代の初めであったので、余りの人数に小さくなって最後尾に座っていた。入選、秀作を読み上げる中で一向に私の句は読まれなくて、やはり経験が不足だと思った最後に、大会賞一席の作品として読まれた。恐れ多い事であった。

（句集『只中』一九八五年刊）

朝寝して茶杓の銘をおもひをり

7

春の日曜日、その日はお茶のお稽古の日である。茶道の何たるかが全く解らなかった若い頃季節が変る度に、それに相応しい茶道具の、たとえば茶杓の銘等を考えるのが苦痛であった。今思えば何と楽しい事か。

（句集『空華』一九九二年刊）

佐屋人の舟の往き来や榛の花

8

かつて刊行されていた総合誌「俳句とエッセイ」に、毎月十五句だったかを一年間載せる企画に参加させて頂いた。この句は武藤紀子さんの車で佐屋へ連れて行ってもらった時の句である。運河のような美しい川が流れていて、家々には船着場の石段もあった。

(句集『空華』一九九二年刊)

もう馬の帰りし馬場や草おぼろ

9

名鉄、岐阜駅を名古屋に向って走ると、ほどなく笠松という駅に着く。ここは地方競馬場があって、電車の中から競馬場が見える。私は真ん中に畑のある馬場の風情が好きだ。オグリキャップが凱旋した時は、独りで観に行った。品格の漂う、素晴しい馬だった。

（句集『環』二〇〇五年刊）

髪熱くなるまで遊び豆の花

10

どうして？と思うほど、娘の髪は子供の頃から茶髪である。一日中外で遊ぶ娘は、時々水を飲みに帰って来ると、顔を真っ赤にして全身がアツアツである。豆の花で日永を表現したかった。

（句集『環』二〇〇五年刊）

文楽の幕間長き春田かな

11

岐阜市の隣に旧真桑村がある。ここには古い時代から続く真桑文楽が今も伝承され小さな舞台が残っている。素人文楽の長い幕間を待つのは蓮華草の咲く春田である。藤田湘子先生のＮＨＫ俳句王国で、特選を得た。なつかしい一句となった。

（句集『環』二〇〇五年刊）

梅白し月光は人あたためず

12

父が亡くなったのは立春を過ぎた寒い日であった。亡くなったという知らせで電車に乗った。幸にも熊野への終便に間に合い、実家に着いたのは相当夜更けであった。こんなに月が明るいというのに、父の体は冷たかった。梅の花の匂いがしていた。

（句集『環』二〇〇五年刊）

草の餅日向の匂ひしてゐたり

13

いつだったか、名古屋の武藤紀子さん宅を訪れた。紀子さんは大小不揃いの本当に手作りという草餅を、これ又小さなニクロム線の卓上コンロで焼いてくれた。餡が少し食み出て、美味しかった。田舎の日向の匂いがした。

紀子さんのお住いは、日向町だったと、後日気がついた。

（句集『環』二〇〇五年刊）

桃の日と思ひて鬘合はせをり

14

結婚式は四月であったので、まだ肌寒い三月に、熊野から出て来て、岐阜市の美容院で衣装や髪を合わせる準備をした。二十代の頃の作品である。ゆえ知れぬ哀しみを覚えた。

（句集『環』二〇〇五年刊）

濠の水ぬるみ初めし菜飯かな

15

岡崎城の公園で出来た。お昼は公園内の菜飯茶屋で取った。魚目先生が特選を下さり、「たまたま菜飯を食べたから出来たのだと思いますが、別の物を食べていても菜飯を置けるようになれば本物です。」というような意味のお話をされた。

（句集『環』二〇〇五年刊）

血の乾ぶ檻かたはらに春田打つ

16

山の村へ吟行に行くと、このような光景をよく目にする。ついさっきまで猪か何かが捕らわれていたのであろう。血が檻のそこかしこに付いている。お百姓さんは何事もなかったかのように、せっせと畑を打っていた。

（句集『環』二〇〇五年刊）

蓮如忌のぬれては緊まる海の砂

17

余り未練のない句であるが、何となく代表句になってしまっている感がするので捨てられない。婚家が「正信偈」でお経を頂く家なので蓮如を知る事となった。ぬれては緊まるの表現に、布教の苦労が伝えられないかと思った。

（句集『凜』二〇一五年刊）

歩きつつ読む夕刊や土匂ふ

18

暑さと寒さに滅法弱い私は、春が来ると蘇ったような喜びを覚える。冬の間は正に冬眠状態で、あの世で眠っているようだ。夕刊の来る時刻がまだ明るくて、春になった嬉しさに満たされる。

（句集『凜』二〇一五年刊）

土よりも土の色濃く雲雀の子

19

現

実に雲雀の子を見つけた時は、おそらくこうした観察はできないと思う。これはあるテレビの映像で、ヒントを得た。カメラは実に自在だ。どこまでもズームが可能、雲雀の子は春の土よりも土臭い色をしていた。

（句集『凜』二〇一五年刊）

びしびしと消ゆる血縁桃の花

20

私の桃のイメージは何故か命とつながってしまう。古代神話にもある桃のイメージが重っているのかもしれない。「詩経」の「桃夭」を思うと、決してマイナーな花ではないが、現実に親類が段々と少なくなって行く。

（句集『凜』二〇一五年刊）

いつの世の蝶ぞ羅馬の草の上

21

二月の末だというのに、フォロ・ロマーノの草が刈られていて青草の匂いが立ちこめていた。数匹の蝶が飛んでいて印象的であった。
「羅馬の草の上」は十年も心にしまってあった。旅行から十年後、上五を思いついた。もう一度、羅馬に行きたい。

（句集『凜』二〇一五年刊）

花のさま痛々しくも咲き満てる

22

独りで吟行をする時は、根尾谷の淡墨桜へ出掛ける。ドライブに丁度良い距離なのである。独りで見る桜は華麗ではあるが、老木ゆえに、歳月の疲れが見えるようで痛々しい。

（句集『凜』二〇一五年刊）

鳥たちに世は事もなき遅日かな

23

裏庭には、四季それぞれに様々な鳥が来る。木から木を渡ったり、地の虫を食べたり、新芽を啄んだり、自由自在である。彼らにはこの世の天変地異も人の悲しみも解らないのだろうか。鳥にとってはきっと毎日が平穏なのだろう。それでいいのだが……。

（句集『凜』二〇一五年刊）

名を呼ばれ蝌蚪の水より立ちあがる

24

春浅いある日、一通の重々しい手紙が届いた。内容は「青樹」に戻って欲しいという事であった。久々子先生の御健康が勝れないという理由で、私は相当に迷ったけれど、お手伝いならできるかもしれないと思い覚悟をした。ぼんやりと蝌蚪の水を眺めて遊んでもいられないと思ったのだ。

（句集『凜』二〇一五年刊）

岬に来てなほ果思ふ遅日かな

25

この岬はポルトガルの「ロカ岬」である。ユーラシア大陸の西の果て、何だかロマンがありそうに思ったが、ロカ岬は、潮岬とほとんど変らない岬であった。この潮流は和歌山の潮岬まで続いているのであろうかと思うと少し旅情めいたものを感じた。

（句集『凜』二〇一五年刊）

母の伊勢父の熊野も夕焼けて

26

初めて俳人協会総会に出席したその日、ロビーの椅子で独り時間をもて余していた。ふと顔を上げると一人の紳士がテーブルを挟んで座わられた。「あっ！　五千石先生だ。」私は相当狼狽えながら直立不動で自分の名前を言った。先生は煙草の煙をフーッと吐きながら、「母の伊勢父の熊野……の人ですよねー」と仰言った。恥かしさで身が震えた。

（アンソロジー『現代俳句の新鋭』一九八六年刊・句集『只中』一九八五年刊）

極道の兄がひよっこり金魚玉

27

私には兄は居ない。この兄を設定すると、車寅次郎、フーテンの寅さんに他ならない。

山田洋次監督は日本の四季の美しさと人情の機微を十二分に表現された。金魚を見れば寅さんの声が聞こえそうだ。

（アンソロジー『現代俳句の新鋭』一九八六年刊・句集『只中』一九八五年刊）

庫裡しづか蠅取りリボン吹かれをり

28

お寺へのお使いは子供の役目であった。お庫裡は
おそろしく暗く、夏でも冷え〴〵としていた。
うす暗がりの中に天井から吊るされた蠅取りリボンが揺
れていた。

（句集『空華』一九九二年刊）

明易の石乗せてある木曾の地図

29

こういう景色もあるだろうという設定で詠んだ。実景よりも現実的かもしれない。

『空華』を出版した時、送らせてもらった飴山先生が、御返信を下さった。その時、先生に抜いて頂いた中の一句である。まだこの時点では一度も先生にお逢いしていなかった。

（句集『空華』一九九二年刊）

河骨のみつみつの葉と金の花

30

吟行での実景。写生をほとんどしない私の珍しい写生の句、魚目先生はこれで良いと仰言った。

（句集『空華』一九九二年刊）

ずぶ濡れの少年の目と雀の仔

31

少年は一羽の雀の仔を掌につつむように、やわらかく握っていた。たぶん仔雀は死ぬだろう。雨に打たれながら何とか生きてくれ！　と必死に祈っている少年の心の叫びが聞こえた。

（句集『空華』一九九二年刊）

交替でつかふ鏡台祭宿

32

祭宿という言葉には少し抵抗があったが、祭の夜の家というぐらいの意味で使った。

これも裏通りから見えた風景であるが、一つの鏡台に向かって姉妹と思われる二人の娘さんが、お互の帯を結びあっていた。他所事ながら、何とも心のなごむ景色であった。

（句集『空華』一九九二年刊）

白といふ金輪際のうすごろも

33

何度も人の最期に立ち会って来たが、皆死出の衣は白であった。義母は生前から死に装束を白の綸子で縫い、用意をしてあった。私が教わったのは、死に装束は決して糸の結び目をつけないという事。縫いっぱなしの綸子は美しかった。金輪際が仏教語であるので伝達性はあると思う。

（句集『空華』一九九二年刊）

揺れてゐる牡丹を飛びし水の玉

34

魚目先生の吟行会で出来た。

先生は、じっと考えておられ「これでいいんだなぁー。」と仰言って特選を下さった。先生の作品「木鶏と言へば転がる露の玉」をふと思う。私は露の玉を相撲の稽古場と解釈した。

「いまだ木鶏たりえず。」あの強い双葉山の言葉を思った。御存命中にお聞きしたかった。

（句集『空華』一九九二年刊）

70 − 71

武具といふ切なきものを飾りけり

35

男子の節句は青葉の頃。空には鯉幟が上がり、床の間には立派な武具が飾られる。
どこの国でも、鎧や刀剣は美しい。戦場で生きるか死ぬかの瞬間の分かれる時に身に着ける物である。それを思うと、美しさの中に切なさを覚えるのだ。

（句集『環』二〇〇五年刊）

72 − 73

若き日の蟄居の寺や青芭蕉

36

海辺の某寺へ吟行した。モデルは魚目先生、子供の頃、どこかのお寺に預けられていたという話を聞いた。蟄居ではないけれど、蟄居とすれば少しのストーリー性が出ると思った。青芭蕉が少年の孤独に即いているのではなかろうか。

（句集『環』二〇〇五年刊）

さくらんぼ午後からは海波立ちて

37

愛知の知多の海ではよく吟行した。旅館で昼食の後、句会となる。午前とは打って変って、午後の海は風が強く時折白波が立った。海側の広縁に小さなテーブルと椅子が置かれていて、その場所で考えた句である。先生は、「さくらんぼ」が効いていると仰言った。

（句集『環』二〇〇五年刊）

ふくよかな夫人の沈む籐の椅子

この句も同じ場所で出来た。海の見える籐椅子に上品な婦人がもの憂気に座っておられれば絵になるかも……。原句は「ふくよかな婦人の沈む……」であったが、「夫人」と魚目先生が添削して下さった。

（句集『環』二〇〇五年刊）

鳥の仔の祭の中に落ちて啼く

39

小さな鳥が、京都大通りの祇園祭の賑わう人混みの中で啼いていた。人間の営みの中にふいにまぎれ込んでしまったものの定めとは申せ、哀れであった。京都句会で飴山先生の特選を頂いた。

（句集『環』二〇〇五年刊）

落柿舎の雨垂れが打ち萩青し

嵯峨野の落柿舎辺りへは度々吟行に出掛けた。行く所が無くなれば嵯峨野へ行く。
その日は少しむし暑い初夏、細い雨が降っていた。雨樋が無い藁屋根の雨雫が直接軒先の青い萩の葉を打っていた。

（句集『環』二〇〇五年刊）

炭が火となりゆく匂ひきりぎりす

41

「炭が火となりゆく匂ひ」までは現実であったが、「きりぎりす」は付けた。

火のような赤い物に、きりぎりすの青を置いてみたかった。

（句集『環』二〇〇五年刊）

牛といふ塊動く芒種かな

42

二十四節気の今では六月五日頃、梅雨期の宙に靄がかかり、ぼんやりとした煙雨の中で動く牛と、それを使う人を言いたかった。昔の景色である。毎日新聞の今年のベスト10句に、狩行先生が選んで下さり嬉しかった。

（句集『環』二〇〇五年刊）

楷の木の大きくうねり夏空に

43

楷の木を初めて見たのは、京都句会の仲間と、飴山先生のお供で一泊吟行をした岡山の藩校、閑谷学校であった。お寺のような講堂は、現存最古の学校建築らしい。その広い校庭に見事な二本の楷の木がシンメトリックに植えられていて、まるで宙へ昇る竜のような勢いがあった。紅葉の頃にもう一度訪ねたい。

（句集『環』二〇〇五年刊）

ごはごはの浴衣や手足よろこびぬ

44

浴衣をその夏初めて着る日は何だかそわそわそわする。ピーンと糊の効いたそれは気持までしゃきっとさせるのだ。

ごわごわした袖に手を通しながら、これから友人と観に行く打ち上げ花火を思う。潮の匂いのする浜辺、なつかしい。

（句集『環』二〇〇五年刊）

脱ぐといふ密かなることと蛇もかな

45

女性が性を意識し始めると、衣服を脱ぐ事にいささか抵抗を感じる。これは本能としか言いようがない。公衆浴場や、温泉が嫌いだ。裸体を他人の目に晒すのが苦手だ。
いつも部屋の隅っこに行って、こそこそと衣服を脱着する。きっと蛇もそうではないだろうか、と思う。

（句集『環』二〇〇五年刊）

一人雨傘二人は日傘真桑駅

46

前にも書いたが、近くの旧真桑村は、真桑瓜の原産地である。夏には、そこを流れる根尾川の簗場へ鮎を食べに行く。その日は東京の片山由美子さん、名古屋の武藤紀子さんと三人で、降ったり照ったりの空の下、雨傘にしたり、日傘にしたりの、のんびりとした旅であった。

（句集『環』二〇〇五年刊）

二三寸先の世が見え粽結ふ

47

私は子供の頃から、ディジャヴの体験が多い。たとえばこの道を行けば次の角で誰それに遇う。最も易しい例ではそのような経験だ。二三寸先は見える事があっても先の世までは見られない。時間は先へ先へと進んで行くと言うけれど、私は逆に向っているのではないかと時々思うのだ。

（句集『環』二〇〇五年刊）

母さんと吾を呼ぶ夫と豆の飯

48

娘が生まれてから、夫は私の事をお母さんと呼ぶ。私も当然、夫をお父さんと呼んで来た。義父は違っていた。最期の時まで義母を名前で呼んでいた。夫は今も私を母さんと呼んでいるが、私はと言うと「爺さん」と呼んでいる。夫は何の抵抗も無いようだ。

（句集『凜』二〇一五年刊）

木曾の槇削り削りて鵜舟とす

49

長良川の畔に、鵜飼用の舟を造る仕事場がある。鵜舟は木曾山中から伐り出した槙の木を削って作る。その職人さんも年と共に減ったそうだ。一読して説明のようだが、自分の句としては実《ジツ》のある句だと思う。

（句集『凜』二〇一五年刊）

倉の戸をどろんどろんと栗の花

50

幼い頃の実家には倉があった。倉の鍵は大きくて重くて子供の手にはとても扱えない。約束を守らなかったり、ひどい悪戯をした時の、最も重い刑罰は「倉に入れるわよ！」と言う言葉だ。あの恐ろしい牢に閉じ込められると思うと震えた。その恐怖を倉の戸の音で表現したかった。

（句集『凜』二〇一五年刊）

風呂敷に形見の小袖ゆすらうめ

51

郡上八幡へはよく行く。一軒の古物店へ入った。そこへ一人の老人が風呂敷包みを抱かえて入って来た。妻に先立たれ、その遺品を片付けようと、数枚の和服を買ってもらいに来たと言う。老人には時代錯誤があって、とても上等とは思えない古い反物が数枚重ねられていたが、店主は一瞥をしただけで全く掛け合わなかった。小説的な風景であった。（句集『凛』二〇一五年刊）

青葉木菟即身仏の口の闇

52

西国三十三ヶ所の結願寺、谷汲山華厳寺の奥に両界山横蔵寺がある。そこには二百年前に即身成仏した妙心法師のミイラが安置されている。黒々としたミイラは小さく口を開き現世の全ての闇を一身に吸い込んでいるかにも思えた。

（句集『凜』二〇一五年刊）

蛇死にて乾きし泥を付けてをり

53

私の前生はきっと猫か犬、牛か馬、とにかく人間ではないと思う。顰蹙を買うのを承知で言えば、動物へ寄せる愛情が一方ならない。動物の死に面すると心の底から悲しい。あんなに恐れていた蛇ですら哀れでならない。

（句集『凛』二〇一五年刊）

この夕べ柚の初花を汁にせん

54

柚子の木が庭にある。花の頃は屋敷に柚子の花の香。匂いが広がる。柚子の花はすなわち蜜柑の花の香。幸田文のエッセイが好きで、若い頃読んだ文章に、蜜柑の花をお吸物に入れる、と書いてあった。初夏の香りがする。

（句集『凜』二〇一五年刊）

腕時計外してよりの避暑の家

55

お金持ちではないので、避暑に行く別荘を持っているわけではない。実家の熊野は、夏は涼しく、冬は暖かいので子供が幼い頃は長く逗留していた。腕時計ならず時計の要らない数日が楽しかった。

（句集『凜』二〇一五年刊）

ふらんすの子の髪甘しハンモック

56

フランスで作ったわけではない。近江に醒ヶ井という梅花藻の美しい宿場町があって、夏には必ず一度は吟行をする。その土産屋さんの一軒にお人形のように可愛い金髪の少女が居た。ハンモックは後日付け合わせた。

（句集『凜』二〇一五年刊）

明日のことばかり言ふ子や日に焼けて

57

下の孫は小学四年生になった。小さな子供達と話していると実に楽しい。彼等にはまだ過去が無いのだ。こうして自解をしてみると過去の思い出ばかり、子供達には明るい未来しかない。成長するに及んで人生の苦しみや悲しみを知る事を思うと、今が宝だよ！　と言いたくなる。

（句集『凜』二〇一五年刊）

淡墨の雲となるまで帰る雁

58

岐阜市長良川の河岸に、グランドホテルが建っている。その日何かの打ち合わせで、長谷川久々子先生と最上階のラウンジでお茶を飲んでいた。ふと川の上流から下流に掛けて数羽の鳥が飛んで行くのが見えた。私達は、ただ呆然と眺めていた。最後はどれが鳥の群か判然としない。うすうすとした雲のようでもあった。

（句集『空華』一九九二年刊）

金銀の鯉を盥に秋風裡

59

鯉を生け捕って、盥に入れてみる。赤や白黒や銀、まるで宝石のように美しい鯉。これから冬に向かって鯉を移動させるのだ。雪の季節が終るころ、再び鯉は古い池や川に戻って来るのである。

（句集『空華』一九九二年刊）

針千本つるべ落としの子に待たれ

60

小さな娘を家に置いて、遠くまで吟行に行った。最初に魚目先生と児玉輝代先生の吟行に同席させて頂いた頃は、まだ娘が生まれる以前である。子が生まれてからは義母に預けて行ったが、出掛ける時は必ず指切りをした。「早く帰ってね、嘘ついたら針千本呑ます！」その約束が守られた事はない。

（句集『空華』一九九二年刊）

嫂が盆の過ぎたる仏花買ふ

61

私には嫂は居ない。世間一般の嫂とは、そういうものだろうと思う。盆の間は義妹義弟の家族が帰省して、その世話に明け暮れる。来客が帰ればやっと少しの自分の時間が来る。この仏花は自分の実家のお墓に供える為の花なのである。

（句集『空華』一九九二年刊）

土壁の家はしづかや小鳥来る

62

飴山先生の京都句会最後の吟行になった、山口県長府の武家屋敷で出来た。句会は禅寺功山寺で行った。あの二日の思い出があるだけで人生が相当に豊かになった。お金には替えられない心の財産を京都句会の連衆から沢山頂いた。有難い。（句集『環』二〇〇五年刊）

熟れといふ濃きもの土用過ぎにけり

63

割合に私の好きな作り方である。対象物が何なのか、はっきり言わない。たとえば、桃か、葡萄かあるいは豊潤な山河の香りなのか。曖昧だけれどその全てが含まれている。夏土用過ぎの頃の一つの気配を詠みたかった。

（句集『環』二〇〇五年刊）

草もみぢ赤子目覚めてにこにこと

64

寝覚めの良い子と悪い子が居る。私は娘一人しか授からなかったが、この子は実に親孝行な子で授乳の後は直ぐに眠り、寝覚めるといつも、にこにこと機嫌が良い。むずかるという事をほとんどしない子で、おかげで手も掛からずに育ってくれた。

（句集『環』二〇〇五年刊）

立てかけて枯と一つに竹箒

65

竹箒が古い壁に立ててあった。何かの拍子に箒が倒れたのだ。箒を元の位置に立て直して、少し離れた場所で再び眺めてみると、箒と壁は一枚になって、庭の枯木立に融け込んでいた。

（句集『環』二〇〇五年刊）

舞妓ゐて外にぎやかや檀の実

66

これも京都句会での作。場所は忘れたけれど、部屋の外は賑やかだった。様子を見ると、二、三人の舞妓さんを囲む観光客の声だった。檀の実は好きな季語である。

（句集『環』二〇〇五年刊）

秋風を入れては猛る吹子かな

67

飴山先生の御依頼で、奥美濃吟行を計画した。関市の刃物会館、美濃長滝にある長滝白山神社を用意した。東から長谷川櫂氏、西からは中田剛氏岩井英雅氏等、秋祭で宿の取れない中、温泉センターのような雑魚寝宿を取ってうす暗いロビーで一晩中句会をした。皆若くて俳句に情熱を持っていた。（句集『環』二〇〇五年刊）

月祀る家の冷たき畳かな

68

可児市在住の陶芸家、吉田喜彦氏の住宅の離れをお借りしての吟行。折しも仲秋の名月。

吉田さんの奥様が、詩人で版画家の、川上澄生先生の御息女と知った。勿論川上澄生は昔からの大ファン。後日、栃木の鹿沼まで行って美術館を訪れ、澄生全集を買って帰った。

（句集『環』二〇〇五年刊）

色々な木の実を寄せて芭蕉の碑

69

芭蕉の句碑は沢山あるが、この句は美濃と淡海の境の「不破の関」で詠んだ。

秋風や藪も畠も不破の関　　芭蕉

この句の通り、今も何も無い。正に藪と畑だけの場所である。句碑の辺りに落ちた木の実は、あたかも芭蕉の弟子達のようであった。

（句集『凜』二〇一五年刊）

妻でなく母でなき刻小鳥来る

70

作為が無い点がまあまあというところ。思えば、小鳥の来るシーズンに関らず、これまで妻でも母でも無く自由に生きて来たのだ。夫にも娘にも申し訳けないと思っている。

（句集『凜』二〇一五年刊）

山岳の会の唄声檀の実

71

山梨へ泊りがけで吟行をした。「濃美」の初期の頃は五、六人でよく一泊吟行をした。昼食を取る隣の部屋から、男性達の合唱が聞こえて来た。山男の唄に、山岳会の集りだと思った。

（句集『凜』二〇一五年刊）

144 − 145

鎌倉で人どつと降り逗子の秋

72

人は何故、人と同じ事をするのだろう。紅葉と言えば京都、鎌倉、桜は吉野と決まっている。混雑を承知で出掛ける、逗子の秋もきっといいのだろうと思う。

（句集『凜』二〇一五年刊）

我が死後の山河なつかし落し水

73

空

海の言葉を思う。即ち

生まれ生まれ生まれ生まれて生のはじめに暗く　死に
死に死に死に死んで死の終わりに冥し

（句集『凜』二〇一五年刊）

睫毛まで白き人なり秋思せり

74

この句は余り評価されなかったけれど、私としては好きな句である。
秋思する老人にそっと寄り添いたい。

（句集『凜』二〇一五年刊）

我も息づく桃も息づく掌

75

全き桃を掌に乗せて、しばらく観賞してから皮をむく、私は視覚で物を味う方だ。

（句集『凜』二〇一五年刊）

鰯雲他所行きの服着せられて

76

子供の頃、ハレの日（お正月、お盆、お祭）には、新しい洋服を作ってもらった。どこか遠くの親類へ連れて行ってもらう日も他所行きの服であった。

（句集『凜』二〇一五年刊）

母が家まで行く電線か秋燕

77

父や母が恋しいと思った事は何度もある。しかし熊野は余りにも遠い。母は九十四歳でこの世の人であるが、年と共に足が遠のいて一年に一度も帰らない。燕達はもう南へ帰ると言うのに。

（句集『凜』二〇一五年刊）

邦雄の句畳み即ち扇置く

78

ある日突然に、塚本邦雄先生の秘書の方からお電話を頂いた。どなたかがお送りしたアンソロジーを御覧になって、渡辺さんがもし句集を出されるのであれば文章を書きますとの事、有難くお願いした。その記念に頂戴した「馬を洗はば馬の魂冱ゆるまで　人恋はば人あやむる心」のお扇子は私の宝物の一つである。

（句集『凜』二〇一五年刊）

足垂れて縁側うれし盆の人

79

百句を選んでみて、やはり私は郷里の実家を相当に素材にしているという事が解った。家は百年以上経っている家だが、ところどころに手を入れているのでビクともしない。お寺のように床が高いので腰を下ろしても背の低い私の足は地に届かない。

（句集『凜』二〇一五年刊）

あつまりし鳥の寸陰冬日向

80

冬は裏庭の木が枯れて、すっかり明るくなる書斎。ガラス戸越しに、陽が射して好きな場所である。見ていると、どこからともなく集ってくる小さな鳥達。何かに驚くと一斉に翔び発つ。たぶん三十代の頃の作であるが、「寸陰」なんて言葉を使ってみたかったのか。

（アンソロジー『現代俳句の新鋭』一九八六年刊）

冬の滝天涯といふところ得て

那智の滝が生国にあった。滝を常々見て来た者にとって、冬の滝は全く別物である。何者をも近づけない神聖な感じがした。天涯とは、この世の地続きではない場所という程の意味で使った。

（アンソロジー『現代俳句の新鋭』一九八六年刊）

雪よりも雨のみやうちん火箸かな

82

この若い時期に、こんな老人くさい句を作っていたかと思うと少し恥ずかしい。明らかに茶の湯の火箸である、鉄と鉄のふれ合う音が、雨にはよく即くと思った。しかし季節は冬。風炉ではなく炉である。茶の湯で使う塗縁炉が奥の間にあった。

（アンソロジー『現代俳句の新鋭』一九八六年刊）

母がりの渚を七里冬鷗

83

母がりとは、母を訪ねて行く事である。熊野に入ると海が見え始める。熊野灘である。弓のように美しい少し曲った海岸が七里ある。海の見える席に座って、ああ、熊野に帰って来たなあ——と安堵する。

（句集『只中』一九八五年刊）

初空や西行の笠芭蕉の杖

新しい年を迎えると、その年の旅の計画を立ててみる。その時が一番楽しい。段々と仕事が入り、半分も実行できない。西行や芭蕉の旅を心に描いている。

（句集『只中』一九八五年刊）

水痘の児に十方の雪明り

85

子供は一度は水痘に罹る。高熱と共に全身に水疱疹ができて、それは可哀そうだ。外へ遊びに行けない幼い女児は、一日中お人形遊びをしていた。何日も雪の日が続いた。

（句集『只中』一九八五年刊）

父情とはバターの塩気遠千鳥

86

自分では推す気の無い若作りの作だと思う。父との交流は生前も死後も、全く淡いものだと思う。強烈な味付けも、何も無い、言うならば少しのバターの塩味というところ。

（句集『只中』一九八五年刊）

枯るる中言葉みづみづしく生まれ

87

初期の作品であるが、物としての具体性が無い。そういう作り方が好きなのかもしれない。枯れてゆく物もやがては姿を消す。言葉は、もとから消えてゆくもの、可視化をしても当然イメージである。みずみずしく生まれた言葉の中で時と共に消える事がないのが詩の言葉だと思う。

（句集『只中』一九八五年刊）

馬を見にゆくときだけの冬帽子

88

動物が好きだ。動物にはそれぞれの美しさがある、愛らしさもある、哀れさもある。馬は特に美しい。家の近くに競走馬を飼っている所があって、時々見に行く。

（句集『空華』一九九二年刊）

石蕗咲くと縁側は髪編むところ

89

髪の形にはほとんど拘らない。いつの間にか長くなっていると美容院へ行く。洋服の拘りは相当あるのに我ながらおかしな事だ。

（句集『空華』一九九二年刊）

実南天炭美しう飾られて

90

季語が二つになったが、この炭は白炭ではない。古いお寺の玄関に、紅白の水引を掛けた炭が飾られていた。庭には南天が実を垂れていた。

（句集『環』二〇〇五年刊）

碁盤よりしばし離れて炭をつぐ

91

父は囲碁を趣味としていた。私が育った頃の実家は寒かった。本州でも最南端とあって防寒に関しては人々の意識は薄かったのだろう。囲炉裏の無い家は、火鉢があるぐらいで冬を凌いでいた。何故か碁盤は複数あった。

（句集『環』二〇〇五年刊）

炭斗や画用紙白きまま置かれ

モノクロームの世界が好きだ。書も好き、版画も好き、モノクロ写真が好き。白と黒だけで何か言えないかと思った。まだ何も描かれていない画用紙を置いた。これは魚目先生の世界かもしれない。

（句集『環』二〇〇五年刊）

電球の熱かりしころ薬喰

93

今は照明器具のほとんどが、ＬＥＤや蛍光灯に変ったが、私が子供の頃はまだ60Ｗ100Ｗの電球であった。電球の笠の下に長い紐が垂れていて、それを引っ張って消灯点灯をした。

（句集『環』二〇〇五年刊）

もう四時と言ひまだ四時と言ふ冬至

94

冬至の頃の午後は短い。四時までは吟行のできる時間である。その四時も人によって把え方が様々で面白い。

（句集『凛』二〇一五年刊）

注連縄の藁と選ばれ打たれをり

95

質の良い藁であったばかりに燃やされないで残った。しかし用途は恐れ多い注連縄なのだ。見栄の悪い藁ならば打たれもしないが、何事にも傑出したものの使命を思う。アスリート等は時に気の毒に思う事がある。

（句集『凜』二〇一五年刊）

心音を二つ重ねて古毛布

96

読み方によっては意味深になるが、心音は生まれたばかりの嬰とその母親。「古毛布」が今となれば駄目だと思う。

（句集『凜』二〇一五年刊）

詫状を添へて送るも年の内

97

私が詫状を出したのではなく、お歳暮を頼んでいた某有名商店が、依頼を忘れていたのだ。こんな事もあるものかと驚いた。

（句集『凜』二〇一五年刊）

手土産の伊勢海老の鳴く車中かな

98

少し嘘をついた。車中ではなく、家の厨で鳴いた。夫が現役の頃はお歳暮に大きな伊勢海老を沢山頂いた。鋸屑に埋もれた海老は時々キューキューと鳴くのだ。高価で美味ではあるが、娘と二人、料理に悩んだものだ。

（句集『凜』二〇一五年刊）

灰掛けて炭を活かさず殺めもせず

99

友人との吟行では何度も囲炉裏のある古民家を使った。宿の主人は「お休みになる時は炉火に灰をかけておいて下さい。」と言っていた。炭火も眠らせるのかと思った。

（句集『凜』二〇一五年刊）

翁忌の巌に抱かれに行かむとす

100

私の句材には石や岩が多い。一つには熊野の地層によるる。大巌や石を神として祀る文化、精神が身体の中に埋もれているのかもしれない。草木が枯れ始める芭蕉忌の頃には、山に抱かれた岩や大石が忽然と現れる。

(句集『凜』二〇一五年刊)

日常という事

昨年の初冬、思いもかけぬ白鳥が九羽、私の住む岐阜市郊外の板屋川尻毛橋付近にやって来た。

この地に移り住んで久しいが、白鳥がこの川に来たのは初めてであったので、信じ難い日々であった。

私は毎日のように歩いて五分程の堤防に足を運んでは、白鳥と時間を共有した。共有したと思っているのは私自身の方で、白鳥達には全く外の世界の事であろう。

白鳥は必ずそこに居るとは限らず、この川を時と日によって上流や下流に移動しているのであった。その日その時に彼等に遇えるかどうかは解らないが、それが又、ちょっとした運試しのようで仲々スリルがあった。その冬、私は健康を損ねていたので、白鳥に遇うという日課は何よりの慰めであった。

私の知る限り、十一月末から丁度二月末までこの川で過ごしていた。三月に入るや否や白鳥達は一斉に姿を消したのだ。

もともと、この町の人々は誰一人として彼等への餌付けをしなかったので、自然のままで一冬を過ごしていたのだ。私と言えば、いつも手ぶらで、何一つ与えていないのであった。今にして思えば、パンの耳でもお米でも投げてあげればよかったのにと思うばかりである。

白鳥を観に川へ通っているうちに、私はこの郷の美しさをしみじみと感じるのであった。村人は誰一人として白鳥を観に来ていない。常に私一人の空間がそこにはあった。この静けさが白鳥達には好都合だったのだろう。私の知らない時間に、テレビの地方ニュースで白鳥の川が放映されたらしいが、それでもこの川の静けさは常と変らなかった。この村の人達は白鳥に興味が無いのだろうか、と思いながら数日経った某日、堤防の下の草原に降りると、それまで冬草の雑草や巻耳《おなもみ》の実に阻まれて仲々水辺までは行けなかった川岸の一ヶ所が、綺麗に刈り取られていて、私はより一層白鳥に近く彼等と対峙する事ができたのであった。

静かに騒がず、常のまま、白鳥達を迎え、そうしてそれを観に来る人の為に岸辺の草を刈って下さった地の人が居る、その事が何よりも嬉しかった。洗練とはこういう人々の事を指すのだろうと、刈られたばかりの岸辺の草に腰を下ろしながら、そう思った。

この冬三ヶ月、私は毎日のように白鳥の句を作った。しかしながら、そのほとんどが白鳥を詠んでいない事に、後日気がついた。つまり、白鳥を観る私。常に私なのである。あらためて自身の頑さを認識させられたという事であるが、白鳥を詠むのであれば、白鳥の来る地方へ行けば良い。私が詠みたいのは、白鳥が来た事によって、日常の景色が私の心の中で徒ならぬ景色に一変する、その事ではなかったか――。

様々な作句方法があると思うが、私は常に自分を詠んで行きたい。ずっと以前からそう思って来た。俳句の中心は自己であると。

東京や大阪の大都市からすれば、実に辺鄙な田舎ではあるが、ここが私の中心なのである。自分の根城を余所に置いて作品など出来ようはずがない。

白鳥を観ながら気がついた事に、四季を問わずにこの川に棲む白鷺の美しさがある。これについては小林秀雄の名文があるので引用したい。小林が誘われて高遠の桜を見に行く件の一部である。

「――境内の満開の桜も見る人はなかった。私は高遠の桜の事や、あそこでは信玄の子供が討ち死にしたから、信玄の事など考えていたが、ふと神殿の後ろの森を見上げた。若芽を点々と出した大木の梢が、青空に網の目のように拡がっていた。その上を白い鳥の群れが舞っていたが、枝には、近付いて見れば大壺ほどもあるかと思われる鳥の巣が、幾つも幾つもあるのに気付いた。なるほど、これは桜より余程見事だ、と見上げていたが、私には何の鳥やらわからない。社務所に、巫女姿の娘さんが顔を出したので、聞いてみたら、白鷺と五位鷺だと答えた。樹は何の樹だと訊ねたら、あれはただの樹だ、と言って大笑いした。私は飽かず眺めた。そのうちに、白鷺だか五位鷺だが知らないが、一羽が、かなり低く下りて来て、頭上を舞った。両翼は強く張られて、風を捕え、黒い二本の脚は、身体に吸われたように、整然と折れている。嘴は伸びて堅い空気の層を割る。私は鶴丸透かしの発生に立ち会う想いがした。」

〈小林秀雄全集「鐔」〉より

この一文は〈鍔〉についての長い文章の最後に置かれたものであるが、私は鷺を見る度に最後の『私は鶴丸透かしの発生に立ち会う想いがした。』という文が思われてならなかった。時の醍醐天皇が五位の位を授けた五位鷺よりも白鷺に私ならば正一位を授けたい思いである。

一つ白鳥への思いから私の興味は水辺に棲む様々な生き物に移った。実に多種な生き物がそこには棲んでいた。水鳥は勿論ヌートリア、狐、狸まで現れて、私達人間と共存しているのを知った。全ては白鳥がもたらしてくれた恩恵である。

俳句を作る上で最も大切な事、私にとってそれは己が住む環境を知る、という事。この歳になるまで、如何に何も見ていなかったかという後悔しきりである。

最も理想的な事は、日常の生活の中で俳句になる風景を見つける事ができれば、それに越した事はないが、私には仲々難かしい。私は月に二回ほど仲間との吟行会を持っている。

一つはベテラン組、後は初心者からベテランまでの混合組。初心者は初心者同士で句会をしても余り意味がない。恐れずにベテランの指導者に蹤いて行く他はない。自分より明らかに上手で経験の多い人に学ぶのが一番早い上達の近道であろう。

吟行の利点は、何と言っても同じ時空を共有する事にある。同じ場所、同じ時間、そして同じ物を食べて、それでも十人居れば十人のものの見方、感じ方があるわけで、そこが何とも言えず面白い。

俳句を詠むという事は、自分の日常を詠む事です。と私は言い続けて来た。とてもまともな生活をしているとは思えないほどに、諸々の日常に手抜きをしている私ではあるが、昨秋から体調を崩しながらの中で、行った事を数えると、十一月に年内最後の庭の枯芝を刈り、十二月には障子を貼った。一月は庭木達に寒肥を撒き、薔薇の剪定をする。年に三回や四回の消毒も欠かさない。秋の内に、春咲きの花の種を蒔き、球根を植える。実を付けない柚子の木の成り木責めも行った。すると、翌年沢山の実を付けてくれた、そういう事もあった。そのどれもが実に楽しい。

こうして、ささやかながら、まだ私の生活の中に季語が生きている。少し草臥れもするが、生活とは手間がかかるものなのである。

俳句を作るに当って、やってはいけない事など基本的には無い。十七文字と季語が入れば充分だと思う。余りにも規則に忠実なばかりに、かえって個性を失う事もあり得る。賛否両論があろうが、言葉に規制を掛けたばかりに、どんどんと生きた言葉が失われて行く昨今、これを危惧しているのは私だけであろうか。言葉の上で差別を規制しても学校でのいじめやシカトは絶える事がない。差別や、いじめをする人はするのである。大人の社会も同じだ。とりあえず表面上は皆さん、お行儀の良い国民になりましょう。悪いよりは良い方がいいに決まっているが、皆が揃ってお行儀の良い国民というのも何だか不自然ではないか。大事なのは、何故差別がいけないのか、という問題を理解する事だ。

俳句の世界で、そこまで考える必要がないと言われればそれまでだが、俳句と言えども言葉が道具なのである。差別を擁護しているのでは決してないが、生きた言葉に不自由をさせてはならないと言うのが私の基本である。

最後に、俳句を作るに当って、四季の変化に敏感であれと言いたい。空の色、風の音、鳥の声、草の花……それらの刻々の変化に身をもって感応したい。私も木や草花と同じ命を賜ったものであるから、私自身も刻々と変化を重ねているのであるから。

吟行に於いては、既に何度も行った場所である、と言う理由で避けたがる人も居るが、何度行っても毎回違うのである。季節の変化ばかりではない。私自身が変化している。当然、同じ物を見ても捉え方が異なり、感じ方もその作句方法も違って来る。

芥川龍之介の有名な「末期の眼」と言う文章を思うと何故か哀しい。「自然の美しいのは僕の末期の眼に映るからである」という言葉に関して、川端康成も共感する。また、ドストエフスキーが死刑囚となった時最期に眼に映った風景が、かつて見た事もなく新鮮で美しいものであった。と回想した話も充分承知しているが、彼等の天才ですら死の直前や、死の覚悟をもって見る景色に初めて、これまでに感じ得なかった美を発見すると言うのは皮肉な事である。

私はそれほど長く生きるとは思わないが、子供の頃から風景が好きであった。かつて、寺山修司から、旅をする時の車窓に移る景色が好きで、終着駅までずっと車窓にへばり付いていていいます、と言う私信を頂いた事があったが、自分の事のように今思い返している。

私は自分の好きな植物を裏庭に植える。今は山吹、白山吹、満天星の花、通草の花、大手毬、夏椿、地にはクリスマスローズ、矢車の花、冬を越したマーガレット……等々。

憧れで白樺も数本植えたが、幹が太くなると、この地では害虫の被害で枯れて数年で倒した。夕顔も、ミモザも、ライラックも植えたけれど、私には合わなかった。明日は梅花空木が咲き始める。

裏庭に面したガラス窓に寄せたテーブルで朝食を取る。

それぞれの草木に、今日も美しいわね。そう言いながら、季節の移り変りをまじまじと噛み締める。

初句索引

あ 行

か 行

さ 行

著者略歴

渡辺純枝（わたなべ・すみえ）

昭和22年　三重県生まれ
昭和60年　「青樹」同人
平成20年　「青樹」終刊
平成21年　「濃美」同人参加
平成23年　「濃美」主宰

句集に『只中』『空華』『環』『凜』、他にアンソロジー『現代俳句の精鋭』『現代俳句の新鋭』など。

師系は長谷川双魚。

日本文藝家協会会員　俳人協会幹事

現住所　〒501-1146　岐阜県岐阜市下尻毛148-7

発　行　二〇一九年一〇月一〇日　初版発行
著　者　渡　辺　純　枝　©2019 Sumie Watanabe
発行人　山岡喜美子
発行所　ふらんす堂
〒182－0002　東京都調布市仙川町一―一五―三八―２F
TEL（〇三）三三二六―九〇六一　FAX（〇三）三三二六―六九一九

シリーズ自句自解Ⅱベスト100　**渡辺純枝**

URL　http://furansudo.com/　E-mail　info@furansudo.com
振　替　〇〇一七〇―一―一八四一七三
装　丁　和　兎
印刷所　日本ハイコム㈱
製本所　三修紙工㈱
定　価＝本体一五〇〇円＋税
ISBN978-4-7814-1226-9 C0095 ¥1500E

シリーズ自句自解Ⅱ　ベスト100

第一回配本　後藤比奈夫
第二回配本　和田悟朗
第三回配本　名村早智子
第四回配本　大牧　広
第五回配本　武藤紀子
第六回配本　菅　美緒
第七回配本　仁平　勝
第八回配本　桑原三郎

以下続刊